うつ、のち晴れ。

三島 衣理

ゆいぽおと

はじめに

まずは、この本を手に取っていただいたご縁に、心より感謝いたします。

皆様は、病院でうつ病という診断をされた方、もしくはそのお身内の方でしょうか。あるいは、そこまで重いうつ状態ではなく、「最近、何だかやる気が出なくって」といった、チョイうつ状態の方かもしれません。

どちらにしても、このご縁は幸いです。この本の内容をお試しになれば、きっと何らかの効果が望めることでしょう。何しろ、私自身が、この本に記した自宅療法で、実際に起死回生を果たしたのですから。

ここで、自己紹介をさせていただきますと、私は、これまで編集・広告、および店舗関係の仕事に携わってきた四十代後半のフリーライター兼プランナーです。そして、小学生の息子が一人いるシングルマザーでもあります。

はじめに

所属する会社もなく夫もいない寄る辺ない暮らし（笑）。高齢出産で授かった、マザコン自認の思いきり手のかかる息子を抱え、それでも脳天気に心楽しく暮らしています。

しかし、今から十年ほど前、うつ病だった当時は、まさに地獄の日々を送っていました。

三十代半ばの初冬でした。突然、「パニック障害（不安神経症）」の発作が起きたのです。

それは、うつ病のなかでも治療困難とされる重い病状です。当時は、その病名すら知りませんでした。というのは、私は精神科に出向いて、医師に診断されたわけでも、治療を受けたわけでもないのです。

「じゃ、どうして、うつ病の本なんて書けるの？」

そんなご質問も当然でしょう。確かに私は精神科医でも、正式に（？）診断されたうつ病患者でもないのですから。当初、出版についても、多少のためらいがありました。

しかし、当時、私は本当にひどいうつ病の症状を呈していたのです。かいつまんでご説明しましょう。

まずは、うつ病ならではの不眠が一か月以上続き、そのうち、決して起こりえない妄想に苦しむようになりました。

今では笑い話ですが、次々と襲い来る妄想の一つに、こんな馬鹿げたものがありました。それは十年来の友人と待ち合わせた際、店の前で突然、「彼女の顔がわかるだろうか?」と不安になったこと。

彼女には数日前にも会っていて、頭では「わからないはずはない」と思うものの、それでも「やっぱり、わからないかも……」と不安におののき、恐怖で全身汗びっしょり。店頭で途方にくれたのです。

結局、勇気をふりしぼって店に入ったら、当然ながら、彼女がわかったのですが、それがありえない妄想というわけです。

はじめに

その後、彼女と一緒に食事をする際も、「スープはどうやって飲むのだろうか?」「スプーンを持つことができるだろうか?」と次々と愚かな妄想が生まれました。たった一杯のスープを飲むのに、百メートルダッシュしたくらいのエネルギーを費やし、またもや背中に滝のような汗をかいたのでした。

ほかにも、舗道を歩いていて、「カラー舗装のタイルが抜け落ち、その隙間から宇宙の無限地獄のような空間に放り出されたらどうしよう」とか、「次の赤信号で、走ってきた車に飛び込んだらどうしよう」とか、実際には起きるはずがないのに、恐怖のあまりその場にしゃがみ込むという事態が頻繁に起きました。

そのうち、地下鉄にも容易に乗れなくなりました。

「ホームに入ってきた電車に、飛び込んだらどうしよう」

そんな恐ろしい妄想まで起きるようになったからです。

家にいればいたで、絶望の淵に立ち、奈落の底に落ちていくような不安が襲ってきます。不眠は延々と続き、やがて、自分が今にも気が狂ってしまうのではないかと恐れおののく「発狂恐怖」にも襲われました。頭を抱えて身もだえする日々は、一か月近く続きました。

とくに発狂恐怖は壮絶な苦しさで、それから逃れられるなら、本当に電車に飛び込んだほうがいいと思ったくらいです。かろうじて思いとどまったのは、私の実弟が夭折しているため、息子を失った両親を残して、娘の私まで先に逝くわけにはいかなかったからです。

発作的な妄想に恐怖する合間に、自宅の書棚にあった医学書『百科［新編］家庭の医学』（主婦と生活社編）をひもとくと、私の症状は、心の病気の項目にある「不安神経症」にピタリと当てはまりました。

現在、「不安神経症」は「パニック障害」、恐怖の発作は「パニック発作」と呼ばれるのが一般的ですが、その医学書は、初版が一九八四年

（昭和五十九年）で翌年発行の古いものでしたから、その名称の記載はありませんでした。

ともかく、心の病にかかったことは確信しましたが、私は精神科へ行く気持ちには、どうしてもなれませんでした。

その理由は二つあります。

一つは、前述の実弟が幼い頃から病弱で、生前、病状のみならず薬の副作用でもひどく苦しんだため、西洋医学やその処方箋に対して不信感が募っていたこと。もう一つは、同時期、同じ編集関係の知人らが私と同様の症状を訴えて精神科へ通っていたものの、よい治療結果が得られていなかったことです。

精神科へ行っても治らないなら、自分で何とかするしかない。

私はそう覚悟して、少しでも快復を促せそうなことを、心の欲するまま、感じるままに実践しました、まさに我流の療法でした。

そして、私は少しずつ確実に快復していきました。当時は身ひとつで、やはり、編集、広告関係の仕事をしていましたが、その仕事も減らしはしたものの、何とか続けることができたのです。

その後、うつ病の再発を防ぐために、精神疾患や脳について書かれた数々の書籍を手にしたことから、様々なことがわかってきました。

当時、私は単極型（周期性）うつ病とパニック障害を併発した「不安うつ病」だったらしいということ。それが医学的には治療が非常に困難なものとされるにもかかわらず、私は、本書に記した我流の療養で快復し、実はそれが脳科学・精神科学的にも理にかなっていたということです。ありがたいことに、我流の療法をその後も日々続けるなか、一度も再発していません。

以来、この療法を周囲のうつで苦しむ友人、知人たちに紹介し、実践してもらう機会が多々ありました。そして、実際に彼らが元気になり、

はじめに

本来の笑顔を取り戻すのを目の当たりにしてきたのです。

ならば、その可能性を無駄にせず、ストレス社会で無理を押して頑張っていらっしゃる「うつ族」、つまり、私も含めて元来うつになりやすい脳の傾向、性分をもつ方々が、少しでも楽になる生活術をお知らせしたい。完治が難しいといわれるうつ病で、今、苦しんでいらっしゃる方々のお役に少しでも立ちたい。そんな思いから、本書『うつ、のち晴れ。』を世に送り出すことにしました。

この本には、私が独自にトライした十五項目の我流の療法とともに、それが功を奏した根拠を記しています。

そして、巻末では、「うつ族」が、うつとうまく付き合いつつ、快適に暮らすための「うつ族の暮らし術」六項目をご紹介します。すべて、私自身が今も日々実践していることです。

十五項目の療法は、私が心のおもむくままにトライした順番に記載されていますが、それにこだわらず、できることからはじめてください。きっと何らかのよい変化が現れるはずです。

手前味噌のようで恐縮ですが、「うつ族」は、本来、とても感性が豊かで知性や才能にあふれ、まじめな頑張り屋さんです。実は、この世の中をよい方向に導くリーダー的な役割を担うはずの人材なのです。

そんな多くの「うつ族」が、本来の生命力を取り戻し、充実した輝きの人生を送られることを願ってやみません。この本が、お役に立てば幸いです。

うつ、のち晴れ。

目次

装画、挿画　溝渕美穂
装幀　田中悦子

「うつ」からの脱出

——本能の導くままにトライしたこと

1　眠れないなら、眠れないまま何かしよう

不眠の苦しみ

「何だか最近、熟睡できないんだよねえ。寝ても、夜中とか明け方の変な時間に目が覚めちゃう」

溜息まじりにそうつぶやく人、周囲にいませんか?

うつ病患者が初期段階から訴える症状として、不眠があります。読者の皆様のなかにも、不眠に苦しんでいらっしゃる方は多いでしょう。

1　眠れないなら、眠れないまま何かしよう

私もパニック発作が起きる一か月くらい前から、不眠が続いていました。

体は日中の仕事でドロドロに疲れているはずなのに、フトンに入ってもなかなか寝つかれない。ウトウトしても、ふいに目が覚めて、また寝つかれない。朝まで何度もそれを繰り返し、熟睡できない状態が続きます。掛け時計の秒針の音が神経に障り、何度も寝返りを打つ。やがて、白みはじめた窓を恨めしくながめ、暗たんとした気持ちで新たな一日を迎える毎日でした。

睡眠不足が続くと、肉体的にも精神的にもヘトヘトになります。日中、ぼんやりとして集中力がおとろえ、仕事もはかどりませんし、ヤル気もなえてしまいます。体はだるく、常に疲労感がベットリと体にまとわりついています。

だから、毎晩考えることは、「いかにして眠るか?」という一点。快眠枕だのラベンダーのハーブエキスだの、癒し系ＣＤだのと快眠グッズを取り揃え、毎夜、不眠との闘いが繰り広げられます。

ああ、一時間でも二時間でもいい、まとまった時間眠りたい。

やがて、「不眠教」の念仏がはじまります。

眠らなきゃ、眠らなきゃ、眠らなきゃ……。

しかし、フトンの中でモンモンとすればするほど、睡魔はどんどん遠ざかってしまうから不思議です。

そして、不眠教の信徒は、また翌日、ドローンとした頭とヨレヨレの体を引きずるようにして一日を過ごすのです。

開き直りの読書

パニック発作が起きるようになってからは、不眠はさらにひどくなりました。いいえ、もとはといえば、パニック発作も不眠が続いたことが要因となっているのでしょう。

ともかく、私は眠れないままに、また発狂発作に襲われるのではないかしらという恐怖に襲われました。それでも、発狂発作の恐ろしさに比べれば、不眠の辛さのほうがまだマシでした。

不眠の苦しみをさらに一か月近く味わった頃、疲労困憊、ヘトヘト・ドロドロ状態だった私は、ついに開き直りました。

もういい！　眠れないなら、寝ないで本でも読もう。

ヤケクソです。こうなったら、眠れない時間を有効活用しようと、突然思い立ちました。昼間、書店で目に付いた雑誌、書籍を一抱え片っ端から買ってきて、枕元にドーンと積み上げました。

起き上がって読む気力はないので、フトンに寝転がったまま、枕元に手を伸ばし、上から順番に本をとって読みふけります。何しろ眠れないのですから、時間はたっぷりあります。薄い雑誌はすぐに読み終えてし

まうので、「ハイ次、ハイ次」といった具合の読み飛ばしです。少なくとも、文章を読んでいる間は、眠らなきゃ、眠らなきゃ……という不眠教の念仏から解放されます。

その後しばらくして、読書灯を、蛍光灯から白熱電球に替えました。枕元を照らす青白い光に長時間さらされていると、神経に障るというか、何やら殺伐とした気分になってくるような気がしたからです。

実際、蛍光灯からは、人体に悪影響を及ぼす物質が出ているという話もあり、「キレる子ども」の原因の一つにもあげられています。

寝る前に、しかも間近に照らされる枕元の灯りは、蛍光灯を避けたほうが無難でしょう。できれば、部屋の灯りも白熱灯の間接照明に切り替えたほうがいいかもしれません。白熱灯の黄色味を帯びた柔らかな光の中にいると、かなり寛げる気がします。蛍光灯でもせめて電球色に替えるといいでしょう。

さて、不眠に対して、「エエイ、眠れないなら、もう眠らなくてもいい！」と開き直り、温もりに満ちた白熱灯の下、リーディング・マシンとなって本を読み続けた私は、どうなったでしょう？

何と、そのうち無意識にウトウトしはじめていたではありませんか。手にしていた本をふいに顔に落とすような、突発的睡魔が訪れるようになったのです。ハードカバーの顔面落下は痛いの何の……。

「イタタタッ。あれっ？　もしかして、私、今、寝てた？」

そうなれば、チャンス到来です！

ただし、「さあ、寝よう」と、すぐに電気を消してフトンをかぶってはいけません。暗闇でふたたび頭が冴え冴えとしてくることが、ままあるからです。不眠教の教祖・イジワル睡魔は一筋縄ではいきません。

だから、しばらく寝ていないふりを続けます。落とした本を拾ってまた読む。読んでいるうちに、手から力が抜けてまた落とす。拾っては読

み、拾っては読むことを繰り返すうちに、白熱灯が煌々と灯る下、グッスリと寝入っていたりするようになるのです。

最初は三十分。それが一時間となり、やがて二時間、三時間と、継続して眠れるようになっていきました。そのうち、気がつくと、電気をつけっぱなしのまま、「朝ァー」なんていうことに……。

不眠のときは、無理に寝ようとしないで開き直って起きている。そして、どこかに潜んでいる睡魔に「別に寝なくたって平気だもんね」とアッカンベーをしてフェイントをかけ、ひたすら本を読みふける。すると、向こうから「えーっ？　どうして？　寝たくないのォ？」と忍び寄ってくるという算段です。

不眠症の人が小難しい哲学書を手にベッドに入る。そんな風刺漫画は世界共通ですが、できれば少しでも気持ちが明るくなる、楽しい内容の本をお勧めします。恋愛小説ならハッピーエンド。間違っても、ゾクゾクと背筋が寒くなるようなホラー小説や猟奇的文学は避けましょう。

常日頃、本を読む習慣のない人は、ビデオやDVDでもいいでしょう。ともかく、眠れないときは、本か映像の世界に逃げ込むことです。

「えっ、そんなことしていたら、不眠で死んじゃう！」

いいえ、大丈夫。フトンの上で不眠で死ぬなんていうことは滅多にありません。横たわっていれば、体はそれなりに休まっています。それに、眠っていないと思っていても、実は、無自覚に意識を失っていたりして、数分のウトウト睡眠、コマギレ睡眠でも少しは眠っているものです。一か月も本当に全く寝ていない状態なら、もう棺おけに入って、それこそ永遠のフカーイ眠りに着いているハズ。

今日も生きて「不眠を悩める」ということは、きっとほんの少しでも眠っているに違いありません。

この際、寝つかれない夜は、開き直って何かしてみましょう。わざわ

ざ本屋さんに出向かなくてもＯＫ！　本棚に置きっぱなしの小説や雑誌のページをもう一度めくってみる。少なくとも、かつてそれを買った理由があったわけで、昔の元気な自分に戻れる要素を再発見するかもしれません。

幼年時代への心の旅

えっ？　けだるくて読書も何もする気になれない？

そんな方は、フトンの上に寝転がったまま、「心の旅」はいかがでしょう。休暇も旅費も要りません。旅の目的は、「幼い頃、お世話になった人々との再会」です。

まずは、「記憶のかなた」に眠っている、いちばん幼い頃の思い出を呼び覚ましてみてください。どうです？　けっこう、お忘れになっていることが多いのでは？

物心がついた頃、自分に注がれる愛情を疑うことなく、真っ直ぐに受け止められた頃に思いを馳せます。両親、祖父母、兄弟、叔父叔母、先生、ご近所のおばあちゃん、おじいちゃん……。

子どもは一人では生きられません。どんなに孤独な子ども時代を送ったという方でも、世話をしてくれた人、可愛がってくれた人が必ず何人かいるはずです。自分の成長にかかわってくれた人々を、年代をさかのぼって、一人、また一人と思い出していくのです。記憶のかなた、すっかり忘れていた感謝すべき人々にもきっと再会できることでしょう。

ちなみに、私の場合、ずっと忘れていた二人の人物との思い出がよみがえりました。ともに私が三歳前後の頃、近所に住んでいらした方々です。

一人は、ご近所の借家に一人暮らしをされていた、五十代の建具職人のおじさんでした。

四畳半だったか六畳だったか、家財道具もほとんどない殺風景な一間にあぐらをかいて座り、日がな一日、細い木の棒に彫刻を施している姿が目に浮かびます。

現在は本格的な木造建築の欄間や仏壇でしかお目にかかれませんが、昔の木造住宅には、壁や天井などに手彫りの木工細工が手軽に施されていたようです。おじさんはそうしたものを彫っていました。

その脇で、私はおとなしく座っています。おじさんが手にした彫刻刀が木の表面をなでると、そこから魔法のように、花やら鳥やらの形が現れるのを、息を凝らして見つめているのです。

その家に昼時までいたりすると、おじさんは、油が切れてキーキー音のする自転車の荷台に私を乗せて、近所のうどん屋さんへ連れて行ってくれました。

当時、私の母は小児喘息だった弟を抱えて病院通いに忙しく、いたって元気だった私のことは二の次になっていました。お昼ごはんも遅れがち。おじさんが、たびたびうどん屋さんに連れて行ってくれたのは、それを不欄に思ってのことだったのでしょうか。

けれど、今から思えば、おヨメさんもいないわびしい男所帯。小さな女の子の無邪気な訪問は、彼にとっても慰めになっていたのかもしれません。昼ごはんをご馳走になりながら、母がおじさんにお礼をしたとか、私の家族と親しくしていたという話もありません。

昭和三十〜四十年代、日本にはまだ「人情」が満ちていました。少し前にヒットした邦画『ＡＬＷＡＹＳ　三丁目の夕日』のような、人を思いやる温かなご近所づきあいや、他人への親切がごく日常的になされていたのです。

さらに、日本はいたって安全な国でした。自動車もまだ広く普及していなかったため、交通事故の心配もなく、殺人や誘拐、変質者のいたずらなど、幼い子どもを一人で外出させられないような状況は、ほとんどありませんでした。

入園前の子どもでも、母親の手を離れて町内を自由に駆け巡れたのです。ご近所の人たちもさりげなく見守ってくれていたのでしょう。今から思えば、子どもにとって夢の楽園です。

もう一人の思い出の人も、やはりご近所の一人暮らしのおばあちゃん。当時、ようやく世の中に登場したテレビを町内でいち早く買った家でした。

台所ともう一間きりの木造の平屋で、おばあちゃんは、丸々と太ったトラ猫と暮らしていました。丸いちゃぶ台には、いつもフタつきの菓子器がのっていて、なかにはチョコレートやおせんべいやアメが、あふれんばかりに入っていました。

今から思えば、毎日のように訪ねてくる私のために、欠かさず用意しておいてくれたのでしょう。私は三時頃、オヤツの時間になると、当然のようにその家に出向き、オヤツを食べながら、自宅にはまだなかったテレビを見せてもらっていました。

おばあちゃんとどんな会話をしたのかも覚えていません。ただ、おばあちゃんが、私のたわいない話をうんうんとうなずいて聞いてくれて、うれしげに目を細めた笑顔と、そのかたわらの座布団の上で丸くなって目を閉じる猫の様子が目に浮かびます。

その後、おふたりとも、私が「感謝」を覚える前に引っ越され、名前も行方も全くわかりませんが、思い出せば、心がしみじみと潤います。幼い私は、それぞれの家で自分が歓迎されていることを、子ども心に確信していました。愛され、大切にされていたのです。

私の弟はひどく病弱だったため、医者に日参していた母は、私のことは「放りっぱなしだった」と言いますが、私は、ちゃんと別のところで

多くの愛をもらっていたのです。

眠れないままに記憶をたどると、ほかにも何人もの優しい眼差しが浮かびました。親でもない、親戚でもない人が、無償の愛を注いでくれていたことに、胸が熱くなる思いがします。やがて、心の奥にのさばる黒いうつの塊が溶け出すような感じがします。

さて、私の思い出話が長くなりましたが、あなたの思い出のなかにも、優しい眼差しがきっと見つかるはずです。何度もいいますが、子どもはたった一人では育ちません。今まで忘れていただけで、たくさんの人の愛情を受けているはずです。

眠れないなら、眠れないまま、そうした無償の愛を思い出してください。一人、二人と思い出すうちに心がほぐれ、やがて、睡魔がお追従笑いをして忍び寄ってくるでしょう。

開き直りの精神療法

追い詰められて到達した「眠れないなら、眠れないまま何かしよう」という開き直りの境地ですが、実はこれ、「森田療法」という精神的な治療法に通じるものだったのです。

「森田療法」とは、ご存知の方もいらっしゃると思いますが、東京慈恵会医科大学初代精神神経科教授の故・森田正馬氏が自ら疾患した重度の神経症を克服した体験からあみ出した治療法です。

不安の原因をあれこれ探らず、できることをしてみる。行動面を変えることで、不安を抱えつつも日常生活に対応できるようにするという療法で、カウンセリング治療よりも早く、確実に治る治療法として国際的に評価されています。

「赤面症」を例にあげると、人前で顔が赤くなることを気にすればするほど、赤くなるという悪循環が生まれます。森田療法では、この悪循環で出口のない状態になったものを「とらわれ」と呼び、それを行動で克服します。

つまり、あえて人前に出る。そうすれば、意外に人は他人の顔を気にしていないということがわかったり、本人も目の前の人との会話に熱中するうちに、自分の顔が気にならなくなったりして、悪循環が絶てるというわけです。

「不眠症」に置き換えると、とらわれは、まさに「眠りたいけど、眠れない」というもの。はからずも、無理に眠ろうとせず、開き直って何かしてみようとしたこと、行動したことで、逆に眠れるようになったわけです。

2　報道番組、見ザル聞かザル

不眠の対処法の次は、うつの悪化を防ぐための、日常的な情報のコントロールについてお話しましょう。

ひとたびテレビのスイッチをつけると、こちらの精神状態などおかまいなく茶の間に流れ込む様々なニュース。

テロや戦争で罪もない人々が殺される恐ろしい報道。自然災害の速報。子どもが親に虐待され殺された。イジメが原因で自殺したという胸ふさがれる悲しいニュース、おぞましい猟奇事件。街角に潜んでいる凶悪窃盗団の事件など……。

しかも、それらの凄惨な事件が、遠く地球の裏側からもリアルタイムに、目をふさぎたくなるような赤裸々な映像とともに報道されるのです。たとえば、忘れ難い、世界中が恐怖に凍りついたニューヨークのテロの報道。二つのビルが煙をあげ、みるみる崩れていく映像は、この世の終焉を思わせる恐ろしいものでした。

いくら想像力の乏しい人、感性の鈍い人でも、その映像を見た瞬間、鉛を飲み込んだような重苦しい気持ちになったはずです。血の通った人間なら当然のことでしょう。

まして、先々の不安、不穏な未来をつい思い描いては悩んでしまう、想像力が極めて豊かなうつ族は、地獄絵と化したニューヨークの現場や阿鼻叫喚をよりリアルに想像し、実体験をしたような心の痛みを味わったに違いありません。

他人の痛みをわがことのように共感できる優しさも、うつ族ならではの素晴らしさであり、同時に弱点なのです。

そして、今日もエンドレスで悲惨な報道が、お茶の間に運ばれます。

その映像を自分では聞き流し、見流しているようでも、心にはどうしようもない黒雲が立ち込め、不安の種が蒔かれ、芽吹いているのです。

報道のほか、殺人事件を扱うサスペンスドラマなども要注意。つくりごとだとわかっていても、血ノリの広がる死体の映像は脳裏に焼きつくものです。何となく気持ちが沈んでいるときには、見ないにこしたことはないでしょう。

まずは、出勤前、時計がわりにつけていたテレビのスイッチを切りましょう。それだけでも、心の平安をかなり取り戻せるはずです。

考えてみてください。これから、一日がスタートするというとき、朝の清澄な気が漂うなか、心を乱す昨日の恐ろしい事件、事故の現場の映像を見ながら、朝食をとることを。その映像は、胃の消化を助けるものでしょうか、気分がリフレッシュするものでしょうか。

どうしても必要な情報は、リアルタイムを避けて、新聞で入手。記者の解釈というワンクッションがあるのもいいし、写真がほぼモノクロで鮮明でないのもインパクトが弱まってよさそうです。私はパニック障害のもっともひどいとき、一か月ほど、テレビはもちろん、新聞もほとんどシャットアウトして過ごしました。

その結果、日々世界中から配信される悲惨なニュースに心痛めることなく、その分、穏やかな日常が確保されました。それ以後、ついつけっ放しにしがちだったテレビは、番組を厳選して観るようになりました。

十年過ぎた今でも、「ちょっと落ち込んでいるなあ」という時期は、悲惨な事件を繰り返し流す報道番組は避けるようにしています。

どうです？　だまされたと思って、一度報道番組から離れてみませんか？　朝の出勤時のみならず、食事どきの報道番組を控え、穏やかな気持ちでお食事を召し上がってください。明らかな変化が期待できるでしょう。

3　朝日を浴びて歩く、歩く、歩く

朝焼けに誘われて

襲い来るパニック発作におびえるなか、元気な自分を何とか取り戻そうと、本能に導かれるようにしたことの一つに、朝日を浴びて歩くことがあります。

毎朝、不眠でどんよりとした気分のまま夜明けを迎えていたある日、私は、いつになく、きれいな朝日が見たいと思いました。

3　朝日を浴びて歩く、歩く、歩く

いつもは、カーテンの隙間からのぞく白みはじめた空をうらめしく思い、少しでも眠れないかともんもんとしてフトンをかぶるばかりでしたが、その日は違っていました。

もうイイ！　眠れないなら、起きてしまおう！

体はクタクタながら、もうヤケクソです。実は、今から思えば、これも森田療法の一環だったわけです。

勢いよくカーテンを開け、東のベランダに立つと、濃紺の空の下、朝焼けのカーマインレッドがゆるゆると溶け出でるところでした。私は、自然がもたらす光と色彩の美しさにしばし見とれました。

世の中にはこんなに美しいものがあったんだ。

晩冬の早朝、厳しい冷気が全身を包むなか、私は歯をガチガチ鳴らしながら、朝焼けに見とれていました。

散歩してみようか。

ふいに思いついて、私はパジャマのままロングコートをはおり外へ出ました。頭上からは、ふくらスズメたちの元気なさえずりが降ってきます。東に向かう道路をゆっくり歩き出すと、連なるビルの谷間から、朝日が強烈な光を放って顔を覗かせました。

黄金の光がまっすぐに伸びて、私の全身を包みました。光に誘われるように、私は寒さも忘れてそのまま朝日に向かって歩きました。三十分くらい歩いたでしょうか。光のエネルギーに充電されるような感じでした。

翌日も、早朝、東の空まだ低く大きな太陽から降り注ぐ光を浴びながら歩きました。それまでウォーキングやジョギングとは無縁の生活でしたが、朝の黄金色の光を浴びたくて、冬空の下に飛び出していったのです。

ただ適当に歩き続けるのですが、とにかく気持ちがいい。それから一週間、毎朝、東向きに気の向くまま、家の近所を三十分ほど歩いては帰ってきました。

やがて、「気が晴れる」とはこういうことでしょうか。地底に引きずり込まれるようなやり切れなさが、少しずつ治まってきたのです。

歩くことが健康にいいのは周知の事実。何をいまさらとお思いでしょうが、うつに効果的なポイントは、どうやら「朝日を浴びて」歩くことのようでした。

セロトニン神経に注目！

その後しばらくして、この「お日様歩行」の効能を、脳科学的に解説する書籍を手にしました。『セロトニン欠乏脳――キレる脳・欝の脳をきたえ直す』（有田秀穂著／日本放送出版協会）です。この本はキレやすい人、うつになりやすい人の脳の特徴をわかりやすく解説しています。

たとえば、「ウツ病患者は、脳内で作られる神経伝達物質【セロトニン】の濃度が一般の人より低い」という記載があります。

その治療薬として、脳内のセロトニンレベルを高く維持するSSRI（選択的セロトニン再取り込み阻害薬）という薬があり、ちまたの精神科でもよく用いられているようです。ただし、この薬は、「かなり経験のある専門医の処方が必要」ということです。

しかし、そのかなりの経験を積み、本当にうつ病を治療できる精神科医と出会える確率はどのくらいのものでしょうか。

私の知人で、やはりうつ病になった二人の編集者も、そういった名医には出会えませんでした。「パニック発作が恐くて新幹線のひかりに乗れない（すぐに途中下車ができないから）Tさん」も、「家から出るのが恐しいKさん」も、それぞれ精神科へ通院し、処方される薬を飲み続けたものの、病状は快復に至らず、結局は職場を去っています。きちんと「治療」ができていれば、仕事を続けられたはずです。

もう一人、私とごく親しい友人の夫も、うつ病で八年も精神科に通院し、抗うつ剤を飲み続けていますが、完治に至っていません。それどころか、症状はときどき、さらに悪化し、十二指腸潰瘍なども併発して入退院を繰り返しています。八年ですよ。八年！

パニック発作に苦しみながら、それでも精神科へ出向かなかった私の心境も、多少はご理解いただけるかと思います。

これが、内科や外科の病気なら、「あの医者は治せないねえ。ヤブだよね」なんてイヤミの一つも言えますが、精神科医の評価は非常に難しく、治せない医者の逃げ道、逃げ口上がいくらでもあるような気がします。

作家で、うつ病発症の経験をもつ下田治美氏は、著書『精神科医はいらない』（角川文庫）で、精神科に関して「無能な医師が大手をふって闊歩しているのが現実である」と、手厳しい表現をされています。

薬学をきちんと学んでいないまま、根拠のあいまいな薬剤を投与し、患者の症状を悪化させたり、薬剤の副作用で苦しむ患者に手をこまねき、最後には「現代医学では治らない」と、悪びれずに宣告する。残念ながら、精神科には、そういった無責任な治療を堂々と続ける医師も大勢いるようなのです。どうしても診てもらいたいという場合でも、医師の選択は慎重にならざるをえません。

薬剤の弊害については、ほかにも日常的に大きな落とし穴が待ち受けています。街中のドラッグストアやコンビニで売られているサプリメントです。「イライラを防ぐ、憂うつを吹き飛ばす」といった効能を掲げた、セロトニン合成に直接かかわる物質（セロトニン前駆物質）の錠剤です。簡単に手に入りますから、ご存知の方もいらっしゃるでしょう。

しかし、前述の『セロトニン欠乏脳』では、セロトニン前駆物質をサプリメントで大量に摂取すると、高熱やけいれん、睡眠・覚醒障害など恐ろしい副作用が現れるため、「手を出さないのが賢明」との見解が明記されています。

では、副作用の心配なしにセロトニンを増やすにはどうすればいいでしょう?

これが、ズバリ、お日様歩行なのです。

というのは、セロトニン神経は、歩行、呼吸、咀嚼《そしゃく》(噛むこと)などの基本的なリズム運動によって活性化され、しかも、太陽の光によって直接に活性化されるというのです。

つまり、私が心の欲するまま朝日を浴びて歩いたことは、はからずも理にかなった治療法だったというわけです。

ウォーキングのうつに対する効能については、はかにも様々な研究結果が記されています。たとえば、神経科学・脳科学の研究をされている東京大学大学院新領域創成科学研究科先端生命科学専攻准教授の久恒《ひさつね》辰博《たつひろ》氏の著書『ベストな脳の育て方』（中経出版）も必読です。

この本の「運動で脳の働きを高める」という項目で、久恒氏は、BDNF（脳由来神経栄養因子）という脳の機能を高める特殊なたんぱく質を取り上げています。このBDNFは、うつ状態を引き起こすストレスホルモンの生成を抑える働きをもち、運動によって増加するというのです。

さらに、効果的な運動として、「少し息が上がるぐらいの運動」とあり、具体的には「一分間に百メートル以上のスピードで十分以上連続したウォーキングが望ましいようです」と記されています。

やはり、ウォーキングがうつ状態を抑えることは、確かなようです。そして、ただ歩くだけではなく、セロトニン神経を活性化する太陽光を浴びながら歩くのが、うつ病には効果的なのです。

どうです？　明日の朝から、歩いてみませんか？

4　イチゴパック食い＆ニンジン丸かじり

ビタミンC＆Aとカロチンの効能

お日様歩行をはじめてから、日に何度も起きていたパニック発作が顕著に減っていきました。それまでは、十分程度の地下鉄の乗車も、車内で自分が叫びだしそうな妄想から、恐怖を覚えて途中下車をしていましたが、次第に冷や汗をかきつつも目的の駅まで乗車できるようになりました。

その頃、ひんぱんに立ち寄るようになったのが、フルーツショップでした。とくに「朝摘み」イチゴに魅せられ、二パック、三パックを一度に買い込み、帰宅後、着替えももどかしく、むさぼるように食べていたのです。

さらに、スーパーでは、野菜売り場に直行するようになりました。私は両親と二世帯住宅に同居していましたが、不規則な生活のため食事は別々で、自炊をしていました。

しかし、野菜といえば、それまではジャガイモとタマネギ、エノキと万能ネギくらいしか買わず、野菜売り場はほとんど素通りだったのです。そんな私が、ニンジンやダイコンなど、根菜類にゾッコンとなりました。

しかも、「生で丸ごと食べたい！」と、思うようになったのです。その結果、低農薬・有機栽培にもこだわるようになりました。

さすがにダイコンは千切りにして和風ドレッシングをかけましたが、ニンジンは土付きを買ってきて、洗ったものを皮もむかず、何もつけずにそのままガリガリとかじっていました。まるでウマかウサギです。

私はもともと、野菜、とくに生野菜はあまり好きではありませんでした。それなのに、あの頃は無性に食べたかったから不思議です。そして、食べ続けるうちに、次第に心が元気になっていったのです。

あとで調べてみると、私の突発的野菜嗜好は、とても根拠のあるものだったことがわかりました。野菜は、うつをもたらすストレス解消の特効薬ともいえる食材だったのです。

たとえば、「ストレス解消！　体に効く！」のキャッチコピーをかかげた『ビタミン・ミネラルＢＯＯＫ』（五十嵐脩監修／新星出版社）には、野菜のストレスに対する効果が詳しく記載されています。

効ストレスのみならず、生かじりを続けたニンジンについては、「ベータカロチンを多く含み、その効能は抗酸化ビタミンとして悪玉酸素の発生を防いだり、無害化して、ガンや動脈硬化、心臓病など広く生活習慣病の発生を防ぐ」とありました。

カロチンは、体内でビタミンAとなり、皮膚や粘膜に働き、美肌や目の健康を保ち、風邪ウイルスなどから身を守ります。ニンジンは効ストレスばかりでなく、免疫力を高めるのに最適な野菜でした。

それを「丸ごとかじりたい」という欲求は、お日様歩行で活性化されるセロトニン神経が、同じくリズム運動である咀嚼《そしゃく》でも活性化されるということに起因しているからでしょう。

やはり食べ続けたイチゴやダイコンに含まれるビタミンCについても、同様に抗酸化ビタミンですが、さらに、ズバリ「ストレスに立ち向かう」効能があります。

ビタミンCは、副腎から分泌される抗ストレスホルモンであるアドレナリン作りに大量に使われるため、不足すると、ストレスに対する抵抗力が弱まるのだそうです。

ひどいうつ病だった私が、イチゴとダイコンとニンジンを食べ続けたこと。これも「生きる本能」が導いたとしか思えません。

大地のエネルギーに満ちた生命をいただく

さて、たびたび「生きる本能」と書いてきましたが、これは「生きるエネルギー」「生きる気力」とも言い換えられるでしょう。

実は、私の心身の快復は、ニンジン、ダイコン、イチゴから、ストレスや生活習慣病を改善するビタミンを摂取したと同時に、生命の「エネルギー」「気」をも得ていたと思えてなりません。

というのは、ヘトヘトに弱っていた私には、イチゴを一粒食べるたび、ニンジン一本食べるたびに、その「気」のようなものが体の中に入り、五臓六腑に染みわたるのが確かに感じられたのです。

大げさな言い方ではなく、野菜の生命そのものをいただいたという感じがしました。自分の気が弱っていたからこそでしょうか。イチゴでも「朝摘み」に強く魅せられたのは、朝日の「気」に満ちていたからかもしれません。食事前の「いただきます」が、まさしく、食材の「生命の気をいただきます」という感謝から生まれた言葉であるに違いないことを体感しました。

そのうち、時代劇の刺客のセリフのように、「これからお命ちょうだいいたします」などと言葉にして、自然に手を合わせる気持ちになりました。

病気は「気の病」、元気は「元の気」と書きます。「気」の多い少ない、良し悪しが、健康に左右することは昔から信じられてきました。その気は、まさに植物や動物の生命からも直接いただいているのです。

ミリオンセラーにもなった、米国アルバート・アインシュタイン医科大学外科教授・新谷弘実氏著の『病気にならない生き方②実践編』（サンマーク出版）のなかにも、こんな言葉が記されています。

よい食物の条件は二つあります。一つは「ナチュラル」であること、そしてもう一つは「フレッシュ」であることです。ここで、みなさんの心にしっかりと刻んでいただきたいのは、命を養うことができるのは、他の命だけだということです。植物食であれ動物食であれ、食べ物というのは、すべて「命」にほかなりません。**生き物はすべて、他の命をいただくことで自らの命を養っているのです。**これは別の言い方をすれば、**「命のある食物」でなければ、命を養うことはできない**ということでもあります。（太文字はそのまま）

そういう意味では、うつ病以前の私の食生活は悲惨な状態でした。睡眠不足で食欲がないからと、満足に朝食もとらず、「命」とは無縁のようなインスタントコーヒー、それも濃い目をガブ飲み。昼も夜も、仕事の合間に外食です。

外食でも、こだわりのシェフや板さんが新鮮な素材を極めて作る高級店、あるいは下町の人情おかみが心を込めてつくるお惣菜ならともかく、手軽なファミレスやチェーン店の、ほぼレンジで解凍するだけのランチプレートで間に合わせていたのです。

ランチプレートに飾り程度についているサラダのミニトマトやキュウリは、季節はずれの水耕栽培。しかも、収穫後、長時間冷蔵庫に入れられていたからでしょうか、色も味も薄く、「ナチュラル」「フレッシュ」からは程遠い存在です。もちろん大地のエネルギーなど感じません。気も弱った、息絶え絶えの野菜の形をした工業製品と言ったら過言でしょうか。

そんなものを日々口にしつつ、かたわらで、ドリンク剤を朝夕流し込んでいました。ビタミンBの効果で、飲んだ後の一、三時間は疲れを忘れて働けましたが、薬効が切れると、たちまち疲労困憊状態に戻りました。「気」の観点からすれば、当然でしょう。ドリンク剤には生命を育む「気」など全く宿っていないのですから。

「食」は「人」に「良い」と書きます。その観点からすれば、パニック発作に襲われた当時、私はまともに食べていませんでした。

以来、私は、「良い気」を意識した食生活をするようになりました。生命力あふれる良い食材を吟味して、なるべく加工せず、丸ごといただくことにしています。

調理法でいえば、魚なら切り身ではなく、小さくても尾頭付きを買い、丸ごと塩焼きか煮魚にする。イモ類も丸ごと焼きイモや蒸しイモといった具合です。

その結果、味のポイントとなる塩や砂糖、醤油や味噌などの基本的な調味料にこだわるようになりました。

砂糖はさとうきびを搾って粉砕しただけの黒砂糖。塩はミネラルを含む岩塩や天日乾しの塩、味噌・醤油はそうした塩と低農薬で遺伝子組み替えをしていない国産大豆を用いたものです。

こだわりの食材は、手間ひまかかっている分、少々高額です。当然、エンゲル係数は高くなりましたが、健康な体づくり、よりよい未来に投資したと思えば、安いものでしょう。

食生活の改善で今はとても元気ですが、生身の体ですから、季節の変わり目など、体調が芳しくないときもあります。

そんなときは、自然療法の観点から食生活の改善を指導する栄養士の東城百合子氏が書かれた本を参考にしています。ご興味のある方は、『家庭でできる自然療法』（あなたと健康社）や『食生活が人生を変える』（知的生き方文庫／三笠書房）のご一読をお勧めします。

5　練乳デザートで一服

イチゴパック食いの時期に、もう一つ、常食していたものがあります。練乳です。コンデンスミルク（加糖練乳）ともいわれ、イチゴにもかけたりする甘くて濃いミルク。缶入りや扱いやすいラミネートチューブ入りが市販されています。

昔から、練乳がけイチゴは大好きでした。体は必要とするものをわかっているのでしょうか。

しかし、当時の私の食べ方は尋常ではありませんでした。まさにとりつかれたように食べていました。イチゴはパック丸ごとそのまま食べて、練乳は、何とも行儀が悪いのですが、後からラミネートチューブ入りのものをチューチュー吸っていたくらいです。

かなり甘いのですが、当時は二日に一本は常食。おやつや食後のデザート感覚です。ときには、お湯で溶かして「練乳ドリンク」にして飲んだりもしました。甘いものが苦手な方にお勧めします。

私がパニック障害を患ったのは、まだ寒い季節でしたから、外出時にも練乳のチューブをカバンに入れて持ち歩いていました。発作が起きそうになって急遽電車から降りた際には、ホームでチューチュー吸っていました。

ただし、暖房の効いた車内やオフィスに長時間放置する場合や、夏場などに、開封したチューブをそのまま携帯するのは、雑菌が繁殖する怖

5　練乳デザートで一服

れがありますから、お勧めできません。保冷剤と一緒に保存袋に入れて持ち運ぶ必要があるでしょう。

実は、これも後でわかったことですが、練乳は、セロトニンの欠乏が原因となるうつ症状に「効果アリ！」だったようなのです。

前述の『セロトニン欠乏脳』にも、セロトニン合成の材料となるトリプトファンを含む食べ物（乳製品、納豆などの大豆製品、肉、マグロ・カツオなどの赤身の魚肉、バナナなど）の記載があります。

また、『「うつ」にならない食生活』（高田明和著／角川書店）では、「トリプトファンは、ブドウ糖とともに摂ると働きやすくなる」とあり、牛乳に砂糖を入れて飲むほか、牛肉などはすき焼きで食べることを勧めています。

ということは、生乳と蔗糖を原材料とする練乳は、トリプトファンと糖をワンセットにした、まさに「うつ向き食品」といえるのではないでしょうか。

すき焼きを毎日食べるわけにはいきませんが、練乳なら手軽に常食できます。ほかにも、ミルキーのような生乳入りのアメをキャンディーボックスに入れて、リビングのテーブルや食卓、オフィスに置いておけば、手軽にうつを和らげられるかもしれません。

さらに、『セロトニン欠乏脳』では、トリプトファンが働きやすくするため、炭水化物（お米や麺類、パンなど）中心の食生活も奨励しています。

昨今、ダイエットのために炭水化物を控えたり、「おかず食い」を好む若者が増加しているようですが、そんな食生活こそ脳のセロトニン欠乏を招き、うつ街道まっしぐらです。元気がない、ヤル気がない若者の増加の原因の一つにあげられることでしょう。

うつ族は、ごはんやパン、麺類を、三食しっかりと召し上がった上で、

5　練乳デザートで一服

デザートに練乳や甘い乳製品を加えてください。トリプトファンを含むバナナの練乳がけ、白玉の練乳&きなこがけなど、セロトニン強化デザートをいろいろ工夫してみてください。

ただし、日本人には、牛乳を飲むとお腹がゴロゴロするなど、もともと体質的に合わない人、アレルギーの原因となる人もいますので、その点は各自ご注意願います。

6　良質の天然水を飲む

食材の次にこだわるようになったのは、水です。

それまでも、塩素やトリハロメタンなどの体への悪影響を考えて、水道水は飲まないようにはしていました。日常的に、スーパーやコンビニでミネラルウォーターのペットボトルを買ってきていたのです。

しかし、あるとき、そのほとんどが、殺菌処理をしたものだということに気がつきました。多くは加熱殺菌をしています。ということは、

6　良質の天然水を飲む

「生水」ではない。つまり「生きた水」ではないわけです。

ニンジンを生で丸ごとかじっていた私としては、水も良質のものを生でガンガン飲みたくなったのです。

そこで、良質の天然水を取り寄せることにしました。すぐに思い浮かんだのが、以前、取材で出かけた三重県宮川村（現在は大台町）で飲んだ湧水でした。宮川は、当時、水質日本一を四万十川と競っていた名川で、宮川村はその源流である大台ケ原のふもとにあります。大台ケ原は全国年間最多雨量を誇り、うっそうとした原生林に覆われています。その湧水がいかにおいしいかは、ご想像に難くないでしょう。

宮川村に滞在中、湧水を使ったコーヒーやお茶、ごはんを食べましたが、その味は格別でした。湧水で練った手作りパンも、水の違いがこれほど味に影響するのかと驚くほどでした。

村内で収穫した野菜、養殖されていた川魚も食べましたが、これもまた絶品。生きとし生けるものすべてが、水に影響されることを痛感したのです。

その宮川村の湧水が、ナチュラルウォーター「森の番人」として販売されており、村内の工場も取材させていただきました。

工場といっても、くみ上げた水をペットボトルやポリタンクに詰めるだけの簡単な工程の簡素なものでした。ペットボトルのラベルに描かれたキャラクターは、無精ひげを生やした素朴な村のおやじさんといった風情で、村内に実在する人の似顔絵だと伺いました。

何年も前の取材だったため、ずっと忘れていましたが、心の調子を崩して、にわかにその水のことを思い出したのです。

私は資料として保存していたパンフレットから、二十リットル入りポリボックスを注文し、ほどなく宅急便で届いた水を飲み続けました。なるべく生水でたくさん飲むようにし、おいしいので、コーヒーや料理に

も使いました。

水と一緒に届いたパンフレットには、「清水一升医者いらず」という昔の言い伝えとともに、水をたくさん飲むことで、細胞が活性化し免疫力や快復力が高まるとの記載がありました。

そして、この水を飲みはじめると、私は本当に半月もしないうちに元気になったのです。気持ちも明るくなりました。すっかり快復してからも、水のおいしさに魅せられて、そのまま注文していました。

元気な今は、自宅では普段、浄水器「シーガルフォー」でろ過した水を飲んでいますが、ちょっと「気」が弱っているなあと感じるときや、おいしいコーヒーが飲みたいと思うときは、宮川村の「森の番人」や、もう一つ、岐阜県関市の天然水「高賀《こうか》の森水」を取り寄せます。

「高賀の森水」は、岐阜県関市の長良川上流、奥美濃洞戸は高賀渓谷の一億年の地層から湧きでた水です。高賀神社の近くに湧水口があり、以前は無料で汲めましたが、岐阜県出身のマラソンランナー高橋尚子さんがこの水を飲んで走った際に優勝したという話から、人が殺到、今は有料となっているそうです。

私は岐阜県森林組合が販売している二リットルのペットボトル入りをケース（六本入り）で取り寄せたりしています。飲むたびに、確かなエネルギーを感じる水です。

「森の番人」も「高賀の森水」も非加熱の天然水です。こういった水を、うつ族だけでなく、妊婦さんにもお勧めしたいと思います。健康な赤ちゃんが育つには、羊水が清らかであることが不可欠だからです。

大地に降り注いだ雨が地下に浸潤し、長い時間をかけて清澄な水にろ過された湧水は、ミネラルが豊富なだけでなく、野菜同様に大地のエネルギーが宿っています。そんな水は活き活きと元気です。

体が弱ったときはもちろん、できることなら毎日、塩素も含まず、殺

菌もされていない、元気な天然水を取り寄せ、「ありがとう」と優しく声をかけてから飲みたいものです。水道水を飲む場合は、せめて浄水器で塩素やトリハロメタンを除去するべきでしょう。

お茶やコーヒーは、「おいしくなーれ、おいしくなーれ」と水に声をかけ、気を入れてから沸かして煎れると、やはり一味違うようです。

7　手結びのおにぎりを食べる

次は、ニンジン丸かじり時代の主食となった「おにぎり」について、ご紹介しましょう。

「今さら、おにぎり？」とおっしゃらず、「お結び」とも「握り飯」とも呼ばれる日本の素晴しい伝統食を見直してみてください。

朝、お日様歩行をするようになってから、がぜん食欲がわくようになりました。食事前に運動をするのですから、当然といえば当然です。

7　手結びのおにぎりを食べる

それまで朝食はコーヒーだけか、かろうじて薄いカリカリトーストをかじる程度だったのが、しっかり食べたい、しかも、ごはんが食べたいと思いました。

最初は手っ取り早いからというわけで、梅干入りのおにぎりを作ったのですが、これが滅法おいしい！　私は手が大きいほうで、おにぎりもつい大きくなりがちなのに、朝から二個も平らげてしまうほどでした。

やがて、おにぎりに味噌汁と卵焼きなども添えるようになりましたが、基本はおにぎり。米も減農薬や減化学肥料栽培米にこだわりました。

そして、少々まじないめいていますが、おにぎりを結ぶときに、「これを食べたら、元気になりますように」と心で祈りました。その祈りがてのひらからおにぎりに注がれるような気がしたからです。

その後、宮崎駿監督のアニメ映画『千と千尋の神隠し』を観た際、やはり、おまじないをかけたおにぎりが登場して、私はうれしくなりました。ヒロインの千が元気になるよう、川の神ハクがおまじないをかけてつくったおにぎりです。

迷い込んだ魔界（?）で心細さに倒れそうだった千が、ハクからもらったおにぎりをほおばり、ハラハラと涙をこぼすシーンに共感し、こちらも思わず目頭が熱くなりました。

『食の堕落と日本人』（小泉武夫著／小学館）を読んだ際、おにぎりについて、「なるほど」と膝を打つ記載を見つけました。

握り飯は「おむすび」とも言うが、単に手で結ぶからだけではない。江戸時代の国学者、新井白石が著した『東雅《とうが》』によると、「むすび」は『古事記』の中に現れる「産巣日《むすひ》」または「産霊《むすひ》」と関係があるという。いずれも、「万物を生み、成長させる、神秘で霊妙な力」を指すことばで、「むす」は「発生する、生える」の意、「ひ」

は「心、霊」の意である。

続けて、小泉氏は「確かにそう言われてみれば、握り飯を食べると、何だか知らないが体の中から力がわいてくるような気がする」とも記しています。

やはり、心を込めて手で結んだおにぎりには、何らかの力があるようです。

実際、心の疲れた方々に丹精したおにぎりを出して、癒しをあたえている方がいらっしゃいます。青森の自然のなかで、「森のイスキア」という施設を運営されている、佐藤初女さんです。自殺するつもりで旅に出て、たまたまそこに寄っておにぎりを食べたことから、「生きる元気をもらった」という男性の話を読んだことがあります。

わざわざ東北まで行かなくても、あなたを愛する誰か、たとえば母親、妻、娘、あるいは彼女、彼が心を込めて握ったおにぎりも、効果絶大のはずです。

そして、おにぎりで思い出されるのが、二〇〇四年十一月に起きた新潟大地震です。

お気の毒にも、一時は三万人を超える被災者が避難所生活を余儀なくされました。しかも、道路が寸断され、生活物資がなかなか届かないという極限状態。ようやく届いた食べ物が、コンビニで売られる量産のおにぎりだったのを報道で目にして、さらに心が痛みました。

あのおにぎりが、人の温かな手で握られたものならよかったのに……と思ったからです。

炊き出しのエプロン姿のお母さんたちが、「これを食べて元気を出して」と祈りを込めて握ったおにぎりだったら、被災者の心はどんなにか温もり、元気と勇気が満ちたことでしょう。そんなふうに感じたのです。

7　手結びのおにぎりを食べる

さて、まじないから一転、今度は脳科学的におにぎりを分析します。米はご存知のように炭水化物です。実は、この炭水化物中心の生活が、うつ攻略には欠かせないようなのです。たびたび登場の『セロトニン欠乏脳』でも、セロトニンを合成するトリプトファンを働きやすくするため、炭水化物（お米や麺類、パンなど）中心の食生活を勧めています。

炭水化物を手軽に摂れるおにぎりは、まさに、うつ族の救世主といえましょう。

8　木に抱きつく

生のニンジンをおかずに、おにぎりを食べ、デザートに練乳をチューチュー吸っていた頃、新たに私がはじめたことに、木に抱きつく行為があります。できるだけ太く元気のいい木に、セミのように抱きつくのです。

そもそも木に抱きつくきっかけは、ちょっとした偶然のできごとでした。三十代初め、離婚をしてすぐ、一人暮らしをしていたときのことで

す。自分で望んだ離婚だったので、当初はむしろホッとしていたはずなのですが、一か月程が過ぎたある夜半、何だか急に耐え難い空しさが襲ってきました。

この先ずっと、たった一人で頑張って生きていかなきゃいけないんだ。

そんな風に、自分を孤独に追い込んでしまったのです。

胸が詰まるような淋しさにオイオイ泣き崩れるなか、思わず部屋にあった小さな観葉植物のパキラの幹にしがみつきました。

引き払った新居から持ち込んだ高さ一メートルにも満たないパキラでした。幹は直径三センチもあったでしょうか。そんな小さな生き物も、そのときは唯一の同居人に思えたほどの孤独感でした。

オイオイと泣き崩れながら、ふいに私はパキラにしがみつきました。と、その途端、不思議なことに、気持ちがスーッと治まったではありませんか。哀しみがたちまち霧散する感じ。テレビと机ぐらいしか置いていない無機質な空間で、同じ生命をもつ柔らかな生き物はパキラだけでした。そのパキラに癒され、慰められるという不思議な体験は今も鮮やかに蘇ります。

その後、屋久島を旅した際、樹齢八千年の縄文杉を前にしたときも、そのあまりの迫力に圧倒され、思わず抱きついてしまいました。今から十年以上も前、まだ屋久島が世界遺産にも登録されておらず、観光客も少なくて、縄文杉に囲いもなかった頃です。

同行したメンバーも縄文杉に抱きつき、幹に耳を付けると「吸い上げた水が流れる音が聞こえる！」という声も上がりました。その音は私には聞こえませんでしたが、幹に抱きついているだけで、八千年も生きてなお力強い生命の「気」、エネルギーがドクドクと伝わってくるようでした。

メンバーの一人が、太古、男性は大木の幹にペニスをこすりつけて気

8　木に抱きつく

を養ったという話を披露してくれました。縄文杉は、大人十人が手をつないでも囲えないほどの巨木です。類まれな巨木が発する強烈な気を前に、さもありなんと思いました。

残念ながら、世界遺産登録前後、観光客が急増してからは、縄文杉には根を保護するための囲いがされて抱きつくことはできません。

しかし、樹齢数百年の大木はまだまだ全国各地に残っています。樹齢何千年でなくとも、百年、二百年と生きている木には、それだけの気が宿っているはずです。樹齢数年の鉢植えのパキラですら、私の涙を止めてくれたのですから、大地に根付いた木の威力はいかばかりでしょう。

ぜひ一度、お近くの神社を訪ねてみてください。有名無名にかかわらず、信仰に護られ、たくましく生命の時を刻み続けている大木がきっとあります。なかには、しめ縄もかかっていない「何となく頼れそうな」大木があるはずです。元来、神社は、癒しの気の高い土地を選んで造営されたと聞きます。その大地の気を吸い蓄えた大木は、やはり高い気を発しているに違いありません。

木は気に通じる。そんな言葉もあるくらいです。神社の大木に、「気をください」と声をかけて、抱きついてみましょう。目を閉じて、木と心を通わせようとするとき、きっと何か感じるもの、湧き出でるものがあるはずです。ただし、毛虫などが出てくる春先にはご注意を。

9　鏡に向かう

自分の顔と向き合い、口角を上げよう

あなたは一日に何回、どれくらい長く、鏡で顔を見ますか？

お化粧大好き、羞恥心なしの女子高生なら、地下鉄の車内だろうが、授業中だろうが、日に何度も手鏡をのぞいて、マスカラのにじみ具合など入念にチェックすることでしょう。あまり好感がもてる姿ではありませんが、そういう子たちはけっこう元気だったりします。

しかし、外出も気が進まなくなっているうつ族の場合、せいぜい顔を洗った後、洗面所の鏡をチラリと見るだけでしょうか。目が二つ、鼻と口が一つずつあるのを、ぼんやり瞳に映す。目が悪い人だと、白っぽい楕円の上に黒い点が三つあるなあという認識程度かもしれません。

うつ状態のときの私もそうでした。仕事以外は、人と会うのが面倒になってしまい、外出しない日は化粧もしない。昼過ぎに起きると、習慣的に顔だけ洗い、タオルで拭くだけで鏡ものぞかなかったり……。

そんな私が、鏡をひんぱんに見るようになったのは、パニック発作が日に何度も起きるようになった頃です。自分が自分でなくなってしまう恐怖、発狂恐怖にあえぐなか、自分の存在を確認するかのように、鏡に向かいました。

そこには、心の病におびやかされ、やつれ切り、見知らぬ人のような顔がありました。髪のツヤもなく、顔は青ざめ肌は荒れています。目はどんよりとしてうつろ、口元は口角が下がり、年齢以上に老けて見えました。

私、いつからこんな顔になっちゃったんだろう？

ガク然とした驚きと、自分を哀れむ思いが錯綜しました。情けなさに、五秒と見続けることができませんでした。

けれど、ここでも、私はふたたび開き直ったのです。

ふいに口角を少し上げてみました。すると、顔は少し笑っているように見えました。口角をもう少し上げると、本当に楽しげな表情になりました。

ずいぶん長く、笑っていなかったなあ。

自分の顔に笑顔を取り戻したいと思いました。まるで顔面体操のように、私は口角を思い切り引き上げました。唇から前歯が少しのぞいて、本当に笑っているようでした。

以来、私の口角上げ顔面体操がはじまったのです。効果は日に日に現れました。硬くなっていた表情筋が柔らかにほぐれるとともに、重く沈んだ心が軽くなっていくような気がしました。

鏡の効用

こんな話を聞いたことがあります。つがいのセキセイインコの奥さんが死んで、一羽になったオスのインコが淋しさでエサを食べなくなった際、小さな鏡を入れたら、ふたたびエサを食べはじめ、日々元気になっていったとか。

鏡に映った姿を奥さんだと錯覚してのことかもしれませんが、とにかく何らかの鏡効果があったといえましょう。

やはり動物園で心を病んだチンパンジーの飼育室に鏡を入れたところ、元気を取り戻したという話も記憶に残っています。

9　鏡に向かう

どうやら鏡に自分の姿を映してながめることには、気を高める効果があるようです。自分がいちばん長くいる場所に、なるべく大きな鏡（全身が映るものがベスト）を置いてみましょう。

日に何度か自分の姿を見るうちに、少しずつ元気がでること請け合いです。首を傾げてみたり、すまし顔をしてみたりと、ちょっとしたポーズをとるようになったら、シメタ！もの。

さて、口角を上げて、つくり笑顔ができるようになったなら、次なる打つ手として、今度は、「ワハハッ」でも「アハハッ」でもかまいませんから、声を出して笑いマネをしてみましょう。笑うことでも免疫効果が高まります。最初はマネでもかまいません。そのうち、気分が晴れるような感じがするはずです。

次は、本当に笑うために、笑いのネタを探しましょう。コメディ映画、動物や子どもの失敗を集めたＤＶＤ、プッと吹き出す四コマ漫画、落語に関する漫画やＤＶＤもいろいろ出ています。

私の場合も、文庫本で出ている落語漫画にずいぶん笑わせてもらいました。八っつぁん、熊さん、ご隠居さんが「ああでもない、こうでもない」と語るなか、江戸庶民の人情に満ちた心温まる世界が広がり、最後のオチでは上質の笑いを引き出してくれます。日本の大衆芸能はあなどれません。

10　花を飾る、花を育てる

フルーツショップや野菜売り場のほかに、もう一つ、足が向かった場所があります。花屋さんです。

店頭を飾る色とりどりの花のなかでも、香りのいい季節の花にひかれました。

ちょうど早春の頃でしたから、フリージアやスイセン、ヒヤシンスなどを買ってきては、部屋に飾りました。

けれど、残念なことに、早い時は翌日には枯れてしまうのです。もしかしたら、その店が弱った花を安売りしている花屋さんかもしれないと、何軒か別の店でも買いましたし、花が長持ちするという薬剤を水に入れたりしましたが、大した効果はなく、すぐに枯れてしまうのです。

不思議に思っていると、たまたま「気」をタイトルに掲げた本のなかで、「花は部屋に漂う邪気、悪い気を吸って浄化し、枯れていく」という記載がありました。そういえば、知り合いのベテラン看護師さんからも、「重病の患者さんの病室の花はすぐに枯れる」という話を、聞いたことがあります。

心の病に陥っていた私が住む部屋は、病の気や邪気に満ちていたのかもしれません。そうした悪い気を花は黙って吸ってくれて、よい気を放ち、黙って枯れていってくれたのでしょうか。切なく、ありがたい話です。

実際、元気になるにつれて、部屋に置いた花のもちが次第によくなってきました。きっちり実験してみたわけではありませんが、とにかく香りのいいフリージアばかり、近所の花屋さんで立て続けに買っていたので、比較ができました。

当時、仕事仲間でゲイの男の子が、「夕食のおかずやお酒を減らしても、花は買いたい。部屋に花があると、幸せな気分になるから」と言っていましたが、そのとき、ようやく彼の話に納得しました。彼はとても色感のいい、感性豊かなデザイナーでした。

どうやら、花はそこにあるだけで、周囲をよい気で満たしているようです。

考えてみれば、私たちは、冠婚葬祭の様々なシーンで花を飾ったり贈ったりしています。結婚式や祝賀会などの慶びごとでは、ホールの入り口から各テーブル、高砂と豪華なフラワーアレンジメントを施し、花のよい気が満ちることで、宴はいっそう盛り上がります。新婦さんはブーケを持って登場しますし、祝賀される人は、花束で迎えられます。

また、お葬式などの悲しみごとも、祭壇や棺のなかをキクやユリなどの香りのいい花で埋めつくし、弔う人は献花をして亡き人を偲びます。仏壇にも、お墓参りにも、花は欠かせません。

人は、昔から、花の気が人の心を高揚させたり、癒したりすることを知っているのです。

そんな花の気を借りて、うつ状態のときはとくに意識して、部屋に花を飾りましょう。それを習慣づければ、花の枯れ具合で自分の気の状況もわかるはずです。

そして、少し元気がでてきたら、花の種や苗を植えてみましょう。庭がなければ、植木鉢に植えて、ベランダやフローリングの窓辺に置いて。毎日水をやり、植物が生き生きと生命を育む姿を目の当たりにすることで、逆に自分自身の生命が育まれるのを実感することでしょう。

そんな気力がまだ出てこないという人には、小さなサボテンの鉢がオススメです。水やりはときどきでＯＫ！　洗面所に置いて、毎朝「オハヨウ」と声をかけるうちに、どこか頑なだった心もほぐれていくはずです。私の家の洗面所にも、「サボ君」と名づけた、ふさふさ頭の小さなサボテンがいます。

11　天然温泉に入る

先に、大地のエネルギーに満ちた天然水にこだわって飲み続けたことを書きましたが、それと同様の感覚で魅せられたのが、天然温泉に入ることでした。

しかし、ここ数年、日本各地の温泉施設で、天然温泉の真偽をめぐる報道が続いています。

有名温泉旅館で市販の入浴剤を入れていたとか、水道水を沸かしてい

11　天然温泉に入る

たとか、温泉好きをガックリさせるような内容です。

報道される以前にも、温泉通で嗅覚の敏感な方なら、湯船から立ち上る塩素の匂いで「おかしい」と感じていた方もいらっしゃるでしょう。

私も、昔から鼻は利くほうで、塩素入りの水道水は匂いでわかります。「天然温泉かけ流し」の看板を掲げていながら、塩素臭プンプンの水道温泉、あるいは湯量の足りない源泉を水道水で薄めて循環式で浄化している温泉が、今もけっこうあるとニランでいます。

そして、塩素臭漂う温泉は、入浴後の疲労回復や、リラックス感がやはり違います。

イオウや炭酸泉など温泉成分もさることながら、地熱で温められた地下水である天然温泉の湯は、同じ湯でも、大地のエネルギー、自然の気をたっぷり含んでいるからこそ癒されるのです。

うつ症状が重かったとき、私はかけ流しの天然温泉や、地下水を沸かした温泉を調べては出かけていました。取材仕事で得た地元情報も役に立ちました。名高い温泉でなくても、火山国の日本には、少し探せば、近場に本物の天然温泉がけっこうあるはずです。とくに地元の方が日常的に利用している温泉は、効能も確かでオススメです。さらに、露天風呂があればいうことなし。

露天風呂に入ったときは、湯船につかるだけでなく、外気に裸身をさらす「外気浴」も交互に行ってください。周囲が山や海、湖など大自然の気に満ちている露天風呂なら、さらに効果的。よい気を全身に浴びるうちに、心も次第に軽やかになることでしょう。

当時ほど頻繁ではありませんが、今でも「最近、ちょっとうつぎみかなあ」と感じると、近場の天然温泉へ足を運びます。大地のエネルギーを全身に浴びて、大いに「気」をよくして帰ってきます。

12　元気な人と握手する

うつのときは、人に会うのが本当におっくうになりますね。化粧をして、待ち合わせの場所まで出向くのも一苦労。男性なら、ヒゲをそるのも面倒といったところでしょうか。

私もうつ病だった頃は、気がつけば、パジャマ姿のままボンヤリと夕陽をながめるなんていう日もよくありました。

とくに夜半、パニック発作に見舞われ、体力も気力も消耗した睡眠不足の翌日は最悪。「もう、深海魚になりたい」気分。外出が辛くてたまりませんでした。

しかし、たいした貯えもないフリーランスの身の上で、受注している締め切り仕事を放り出すわけにはいきません。依頼された仕事を一つ一つ間違いなく確実にこなす信用だけが頼みの綱。長期休暇など夢のまた夢です。

実は、それが幸いしたのです。広告や編集仕事では、打ち合わせや取材で様々な人に出会います。

すると、なかには、向き合って話をするだけで、元気を分けてくださるような人がいるのです。ツヤツヤした顔、声量のある声、周囲を明るく照らす笑顔。前向きな話題。そんな人を見つけたら、お話だけでなく、ぜひ握手をしていただきましょう。

実際に相手に向き合い、お互いの表情を見ながら話すコミュニケーシ

12　元気な人と握手する

ヨンは情報交換のみならず、気の交流もなされます。明るく元気な人に会って、こちらも元気になったり、愚痴っぽい話ばかり聞かされているうちに、何となく気が沈んでしまったりした経験は誰しもあることでしょう。

うつ病のみならず無気力な若者の増加も、メールなどの対面なきコミュニケーションばかりで、気の交流不足が要因になっているような気がしてなりません。

そして、握手は、てのひらを通して直接に気の交流がはかれるようなのです。スターと握手したがるファンも同様に、気の交流を求めているのでしょう。

相撲ファンなら、てのひらでお相撲さんの背中を触りたがりますよね。逆に、黒星続きのお相撲さんは、気を盗られないよう、ファンに触られないようにしているともいわれます。

先に、おにぎりの話を書きました。握手よりもっといいのは、元気な方におにぎりを作っていただいて食べることかもしれません。

しかし、「この人！」と思う人におにぎりを作って食べさせていただこうなんて、滅多にできることではありません。それで、握手というわけです。

さて、うつの頃、私は、元気な人に会うたびに、別れ際、握手を求めていました。活躍中の芸能人の取材の後はもちろんですが、一般の方でも、この人、パワフルだなと感じると、「すみません。握手させていただけますか？」とお願いします。

そんな私は「ちょっと変な人」だったかもしれません。でも、その結果、ずいぶんいい気をいただいて、元気になった気がします。

なかでも、取材で伺った石川県は白山のふもとにある造り酒屋のご主人Yさんとの握手は忘れられません。

12　元気な人と握手する

　ある地方月刊誌に掲載する旅の企画で、一泊二日の取材旅行の終盤。旅のオススメスポットを何箇所も取材し、強行なスケジュールに、私はかなり疲れていました。それでも、何とか気を入れて、昔ながらの風情ある木造の大店に向かいました。

　入り口には、ざっくりと織られた生成りの麻のノレンがかけられ、蔵元の名を記した墨文字が目に清々しく映りました。

　ノレンをくぐり、案内された囲炉裏の間で、Yさんと対面しました。武道で鍛え抜いたような筋骨隆々とした逞しい体。目、鼻、口の造作も大ぶりでがっしりとした顔つき。何か圧倒されるような気迫を感じました。その深い森の気配にも似た「気」が、囲炉裏を挟んで対面する私の体を心地よく包み込みます。

　いったい、この方はどういう方なのだろう。

　本来なら、編集部の依頼通り、銘酒の蔵元を紹介する月並みなデータを簡単に取材すればいいはずでした。他の店同様、三十分ほどで軽く済ますつもりでした。

でも、Yさんが発する並外れたエネルギーに圧倒された私には、それができませんでした。通り一遍の取材では、失礼極まりないお相手だと感じたのです。

気がつくと、話題は「水」に及んでいました。銘酒を造るには、よい水が欠かせません。Yさんはその水を護るために、ここ数年、地元で闘いぬいてきた話を淡々とされました。

豊かな水の恵みをもたらす白山のふもとにゴルフ場開発の話が持ち上がったこと。バブル期の最中、雇用も含め、開発がもたらす利益を期待する町の人々はほとんど賛成派にまわり、Yさんが代表の反対派は少数だったとか。それこそ「村八分」のような辛い経験もされたようです。

私もゴルフ場がもたらす環境汚染については、当時、エコロジー関連の記事を書く機会も多く、多少は聞き知っていました。

　ゴルフ場造成は、山の木々を切り倒す自然破壊だけではなく、芝生を維持するために、大量の化学肥料と除草剤が散布され、地下水を汚染し続け、破壊は生態系に及ぶのです。つまり、いずれ、地下水を水源とする地元の人々にも被害が及ぶわけです。

　それでも、景気に陰りもなかった当時は、ゴルフ場開発が生む、目先の莫大な経済的利潤に目を奪われる人が多かったに違いありません。動き出した巨大な歯車の勢いを何とか止めようとしたYさんら少数の反対派への風当りは、他からははかり知れないものがあります。

「人間の弱さ、醜さを思い知る機会でしたねえ」

　そう言って、苦笑いされたYさんは、その頃、人生で、ちょっと一服といった感じでした。

　とはいっても、強烈な気を発していらっしゃったのですから、大した方です。

「握手していただけますか?」

思わず口から出た言葉に、何のためらいもなく気さくに伸ばしてくださったてのひらは、ふかふかとぶ厚く、温かでした。

ああ、清らかな元気をいただいた。

私はしみじみ思い、実際、それまでの取材疲れが抜けるようでした。

その後、Yさんとお会いする機会はありませんが、今でも、お正月には年賀状をいただきます。毎年、ご自分で干支の版画を彫られているようで、荒削りな干支の絵柄からもよい気があふれ出ています。年頭からパワーをいただき、いつも感謝しています。

「心地よい気」を感じる元気な人に出会ったら、お願いして、握手させてもらいましょう。

13　電磁波を遠ざける

私がパニック障害に襲われたとき、季節は冬でした。

「季節性うつ病」という、日照時間が短い冬季、あるいは年間を通じて曇天が多く日照時間が短い北陸のような土地で発症しやすいうつ病があります。

冬場になると、気分が落ち込みやすい私のうつも、多分に季節性うつ病の傾向がありました。お日様歩行が効果的なのも、やはりうつ病の発症が太陽の光と関係があるからでしょう。

さて、冬にうつを発症しやすい私は、ひどい冷え性でもありました。そのため、部屋は昼間、エアコンとホットカーペットで暖め、夜はさらに電気ストーブが登場します。寝る際にも電気アンカが欠かせませんでした。

しかし、あるとき、これらの電化製品について、あらためて考えるようになったのです。

携帯電話や電子レンジが強い電磁波を放ち、脳神経や生殖機能に悪影響をあたえる可能性があることは知られています。高圧線の周囲にも強い電磁波が渦巻いていて、付近に暮らす住民の健康を脅かすといわれます。

では、体に直接触れるホットカーペットや電気アンカはどうなのでしょう。人体に全く影響がないと断言できるでしょうか。

13　電磁波を遠ざける

なかには、「電磁波なんて影響ないよ」と豪語する方々もいらっしゃいますが、電波障害で、渡り鳥の飛来に影響が出たとか、クジラの群れが浜辺に押し寄せて、大量死したとかいう話があるなか、電磁波については本当に何の影響もないのでしょうか。

私自身は、実際、ホットカーペットに寝そべって、長時間テレビを観たり、うたた寝をした後は、ひどく疲れて体がだるくなります。

体の変調が感じられる以上、せめて元気になるまで使用は控えようと思いました。ホットカーペットの電源は暖まったらすぐに切る。電気ストーブもなるべく体から離して使うようにしました。夜通しつけっぱなしだった電気アンカも湯タンポに代え、寝る直前に入浴して体が冷えないうちにフトンに入ります。

さらに、頭に近づけて使うドライヤーは、厳寒期以外、なるべく使わないようにしてきました。使用するときは、できるだけ頭から離して使います。

時代錯誤といわれようが、今も本能的にうつによくないと思われることは避ける方向で暮らしています。その結果、今の元気な私がいるのです。

14　東洋医学、民間療法に親しむ

私のパニック発作はもう十年以上もなりを潜めていますから、完治といってもいいでしょう。

しかし、元来、セロトニン神経が弱いうつ傾向の人間、うつ族であることには変わりありません。ということは、常日頃、うつにならないように意識した継続的な努力は欠かせないと心しています。

数々の我流の療法が効を奏し、パニック発作も起きなくなった頃から、うつ再発の長期的予防のために、東洋医学や日本の民間療法に関する書籍をひもとくようになりました。

そして、漢方薬にもっと親しみ、日常的に活用してもいいなあと思うようになりました。

もちろん、漢方薬にも副作用はあります。が、何しろ、中国四千年のとてつもなく長い歴史から、副作用のデータもそれなりに蓄積されているわけですから、安全性については、ここ数年〜数十年に登場した新薬とは比較にならないほど高いはずです。

私はここ二、三年、「ちょっと精神的にキツいなあ」というとき、漢方薬を処方してくれるクリニックを訪ねます。そこは以前、皮膚科の名医と評判でしたが、ほかにも、内科、婦人科とあらゆる患者さんが訪れていました。

もともと皮膚科医には、皮膚のみならず総合的な診察がのぞまれるそ

うです。内臓疾患や薬の副作用から湿疹が出たり、アトピーやアレルギーなど、追い詰められた心の状態が体の免疫力を落とし、その結果、皮膚に現れたりと、どうやら、皮膚は心と体の鏡らしいのです。

そうした診断の上、漢方では、さらに一人一人の体格や体質に合う処方をしてもらえるのも、大いに納得がいきます。

私の場合は、無理をして頑張りすぎる「過剰適応」から気のパワー不足となって元気がなくなり、抑うつ状態を進行させやすい「気虚」という診断でした。

実際に現れる症状としては、体がだるい、気力がない、疲れやすい、日中眠い（とくに食後）、風邪をひきやすい（子どもは年に六回以上、大人は各シーズンに一回以上）、物事に驚きやすい（気が動転しやすい）、胃下垂、腹力が軟弱などといったものがあります。

そのため、当時は、気虚の代表薬「補中益氣湯」を処方してもらっていました。薬用人参やマメ科の植物であるオウギが主成分で、一日三回食前に服用するうちに、元気になりました。

その後も、少し不眠ぎみかなあと思うときは、漢方薬処方のクリニックを訪ね、やはり虚弱体質ぎみの人用の不眠症を改善する「抑肝散」などを処方してもらっています。ごく微量、朝夕二回の服用ですが、日照時間が短くなる冬場でも、うつ状態に陥らなくなりました。毎夜、よく眠れますし、とくに副作用を感じたことはありません。

病院嫌いの私ですが、漢方を処方してくださるお医者さんだけは特別です。不眠がどうにも改善できない方は、一度、精神科ではなく漢方薬店か漢方処方のクリニックを訪ねることをお勧めします。

そして、漢方薬とともに興味をもったのは、日本の伝統的な民間療法です。季節の変わり目や、日照時間が短くなる冬場、何となく調子が悪いというときは、神経過敏によいというハブ茶（私の場合は、中国産ケ

ツメイシを煎じます）や、市販の「梅肉エキス」などを飲むようにしています。

もう滅多にありませんが、ごくまれに軽い不眠になったときは、白ネギの味噌汁やネギスープを作って飲んだり、水にさらしたタマネギのスライスにカツオブシ削りと醤油をかけて食べたりするだけで、神経がゆるみ、安らいでよく眠れます。

民間療法や食べ物による療養については、前述の『食生活が人生を変える』が参考になります。

うつ体質を一病息災とみなし、うまくつき合っていきたいものです。

15　物事を多面的に見る

不足を嘆く心の癖

さて、あなたの心は、どの程度安定しているでしょうか。

心の安定度をはかる簡単なテストに、コップに一杯の水を汲み、半分飲んだ後、「あとコップ半分しかない」と思うか、「まだ半分ある」と思うかというものがあります。

パニック障害になった頃の私は、まさに「しかない」人間でした。

15　物事を多面的に見る

たとえば、仕事について。自分が望んで就いたフリーライターなのに、仕事が安定してくると、不平不満が次々と出るは出るは。

「安定性も保障もない仕事なのよね」

——それこそフリーランスの骨頂。

「ボーナスがない」

——でも、その分、自由のはず。

「締め切りに追われて、日曜も祝日もない」

——けれど、ウィークデイに思いたっては格安に旅行をしている。

こういった不平不満は、それ以前、逆にボーナスが出て、日祝休みのOLをしていたときにも別の形で思い切り暮らせていましたから、要は、ないものねだりなのでしょう。

まあ、こんなふうに、不平不満の黒雲でいつも心を覆っていれば、うつになるのももっともな話でしょう。けれど、当時はそれに気づきませんでした。

苦しいパニック発作に襲われて、「このままではどうかなっちゃう。何とかしなくちゃ」と、ようやく反省の機会を得たわけです。考えようによっては、うつも人生の真理を授けてくれる大切な恩師の一人かもしれません。

さて、当時、転機となったのが、足を運んだ知人のM君の展覧会でした。

M君は今年四十歳になる画家ですが、社会人になってすぐにバイク事故で片足を失っています。事故後、半年以上入院し、快復後、絵の道に進みました。鋭敏な感性で、皮膚感覚に訴えるような強烈な印象を放つ作品を生み出しています。

あるとき、足を運んだ彼の展覧会で、白い背景に赤と青の帯がからみあうような構図の絵を見ました。

私は「何だか痛みを感じる絵だなあ」と思いました。テーマをたずねると、「いやあ、僕も気づかずに描いていたんだけど、コレ、動脈と静脈みたいなんだよねえ」と、独特ののんびりした口調で答えました。事故で片足を失い、肉体的精神的な痛みに耐えた彼だからこその表現だろうと、感服しました。

同時に彼はこんなことも言いました。

「俺、もし、バイク事故に遭わなくて、両足が揃っていたら、じっと座って絵なんか描いていなかったろうな。もっとヤンチャやって、今頃は、この世にいなかったかもしれない」

その穏やかな諦観ともいえる境地にたどり着くまでには、もちろん壮絶な葛藤の日々があったに違いありません。むしろ、その葛藤が彼を育て、独自の美の世界に導いたのでしょう。

ここ数年、M君が数々の美術展に応募し、受賞したとの報を耳にするたび、すべては、何か大いなるものによって運ばれたことのようにも思えてなりません。

今ある状況を受け入れ、物事を様々な観点から見てみる。誤解を恐れずにいうならば、事故は彼の大切な足を奪いはしましたが、それと引き換えに、絵画表現という無限の広がりをもつ魂の旅へ誘ったような気がしてなりません。

不満人間は、どんな状況におかれても、足りないほう、すでに存在しない半分の水のほうに意識を集中させ、「ナイナイ！」と嘆きます。それはいわば心の癖です。

この悪癖を治し、そこに確かに存在するもの、まだ半分残っている水を尊び、「ラッキー！」と考える習慣を身につけていくことは、うつ攻略の大切な課題だと思います。

15　物事を多面的に見る

脱・不満人間

私は学生時代を京都で過ごしましたが、たびたび禅寺を訪ねるうちに、枯山水の庭に魅せられるようになりました。バスを乗り継ぐのが面倒で、左京区にあった下宿から京都市内にある寺へは、ほとんど自転車で出かけました。

たびたび向かったのが、龍安寺です。大小の石が絶妙に配置された石庭、方丈庭園の縁に腰掛け、石の配置が宇宙の広がりすら感じさせる神秘に時間を忘れて見入ったものでした。

そして、もう一つ、龍安寺には楽しみがありました。石庭裏手の「蔵六庵」の茶室の前にある銭形のつくばいを見ることでした。

水戸光圀の寄進と伝えられるそのつくばいは、まん中の水穴を「口」という漢字に見立て、周囲に四文字、上から右回りに、「五」「隹」「止」「矢」と彫ってあり、「吾唯足知」と読むことができます。これは、「知足のものは貧しといえども富めり、不知足のものは富めりといえども貧し」というお釈迦様の教えをもとにしています。

当時は、簡単な謎解きと造形を面白がるばかりで、その意味はお坊さんの修行中の心得というぐらいにしか思いませんでした。

しかし、今では、それは万人の人生の心得だと感じています。足りないものに目を向けるのではなく、あたえられたものや境遇に感謝して生きる。心穏やかな人生は、そんな日々の積み重ねでしょう。

もちろん、「不足探し」の心の癖はすぐに治るものではありません。でも、そのとき、そのとき、少しずつ、物事に対して心に浮かんだ不平不満を見据え、それとは別の発想で、もう一度多面的に見直してみることを習慣づけると、何らかの心の変化、平安を得るはずです。

どんな物事にも必ず良い面と悪い面の両面があります。たとえば、今年は暖冬で過ごしやすかったと思いきや、冬物衣料や暖房器具などの家

15　物事を多面的に見る

電、ウインタースポーツ業界の業績が落ち込む。巡り巡って経済全体に影響する。冷夏もしかりです。

これを人間関係、まずは親子関係に当てはめてみますと、一見、子育て条件のいい親、たとえば経済的に余裕がある親がいい子を育てられるかというと、そうでもありません。

とりわけ生家が貧しく、辛苦を極めた後、一代で財をなしたカリスマ的な創業者のご子息などは大変です。多くの場合、貧しさが骨身に染みた親のトラウマから、「この子には辛い思いをさせたくない」と、お金に糸目をつけず物を買いあたえられ、溺愛された結果、自立できないボンクラ二代目の道へ。よくあるお話です。

でも、そういうご子息はお金の苦労をしていないだけに、お金に執着がなかったり、まれにみるお人よしだったりします。人に大盤振る舞いをしたり騙されたりで、ある意味、社会に還元しているケースもあり、何が良いやら悪いやらも、人の心が決めることです。

同様に、一見物わかりのいい両親の庇護の下、何不自由なく育った温室育ちの子どもたちが、思春期にちょっとしたことで挫折し、不登校やひきこもりになったりもしています。

なかには、成人後も親に養われているパラサイトシングルもいますが、彼らが両親に感謝しているかというと、全然そうではなかったり、ひどい人になると、小遣いが足りないと言って親に暴力をふるったりする始末。

そうかと思えば、親に捨てられ施設で育った子どもが、生みの親と再会した際、「生んでくれてありがとう」と涙ながらに感謝する。

つまり、育った環境がもたらす幸、不幸は、その人自身の心のあり方次第なのです。自分のいる環境や関わる人に、勝手な要求で多くを望んで不足を嘆けば、うつの虫にエサをあたえるようなものです。

今、実際に手にしているもの、状況に感謝して、自分が今できることをする。そうすれば、うつの虫は居場所を失い、どこかへ飛んでいくはずです。

ちょっとお説教くさくなってしまって恐縮ですが、壮絶なうつを経験し、そこから脱出した私自身が、今でも教訓にしているのが、この「吾、唯、足るを知る」なのです。

ほかにも、ふたたびうつに襲われないよう、日々心がけていることがあります。【うつ族の暮らし術】として、まとめましたので、お読みください。

うつ族の暮らし術

その一　過労を防ぎ、体の健康を保つ

これはうつ族に限らず、万人の幸福で健康な暮らしの基本でしょうが、うつ族にはついつい無理をする傾向があり、その結果、健康をないがしろにしがちです。体の健康と心の健康は表裏一体。体の疲労が続けば、やがて心も疲労する。心の疲労が重なれば、免疫力がおとろえ、病魔に冒されやすくなります。

ほとんどのうつ族は「馬鹿」（失礼！）がつくくらい正直だったり、

真面目だったりします。怠けること、サボルことを罪悪に感じてしまいます。車がまったく走っていない真夜中の交差点の赤信号で、青になるのを一人待っているタイプです。

そして、とかく実力以上、体力以上に頑張ってしまいます。とくに誰かに期待されたり、頼まれたりすると、歯止めが利かなくなります。疲労困憊していても、それに気づかず、壊れるまで突き進んでしまうのです。

日常的に無理をしない、過労にならないよう意識して暮らしましょう。疲れたら、とにかく休む。仕事の代理は存在しても、あなたの代理人は存在しません。ご自分の体をいちばんに考えてください。

その二　どうにもならないことを受け容れる

これは、「うつ」からの脱出に登場した「森田療法」に通じる考え方です。

うつ族のもう一つの特徴として、「完璧主義」があります。とかく現状に満足できず、どう考えてみても、無理難題と思われることにも果敢に立ち向かい、克服しようとする傾向があります。「問題解決志向」「現状克服志向」が強過ぎて、がむしゃらに突き進んでしまいます。

たとえばうつ族は、ふりかかってきた困難に対して、立ち向かう以外にも、「逃げる」「避ける」「かわす」「待つ」「放っておく」など様々な対処法があることを思いつかなかったりします。他に目を向ければ、もっとラクな解決法だって見つかるかもしれません。なのに、気がつかずにさらなる苦労を重ねていくことも多いのです。

そういう心の癖を自覚し、苦しい状況になったら、まずはひとまず開き直る。今は変えられない現状を受け入れる。その上で、そのとき、自分ができることだけを淡々とすればいいのです。

その結果、どうにもならないことも、いつの間にか、どうにかなっていたりするものです。

この世の中に変わらないものは何一つないわけで、時間の経過が新たな展開、解決の道を運んでくれることも多々あります。事態を受け入れ、できることを淡々となし、結果を待ってみませんか。

その三　迷ったら、好き嫌いで決める

うつ族の暮らしに、よく登場する物事の選択基準に「～するべきだから」という義務感、使命感があります。これがそもそも苦しみの始まりと、そろそろお気づきください。

まず、うつ族の多くは、とかく自分の心のデリケートさ、弱さを自覚していません。あるいは認めていない、許していない場合が多いのです。だから、ついつい自分に無理をさせます。

「本当はイヤだけど、そうするべきだから我慢しなくちゃ」と、自分に無理強いするものの、その我慢が実はきかないタイプなのです。

それなのに、他人にイイ顔がしたくて、あるいは人間的にイイ人でありたくて、キャパを超える苦しい選択をしてしまいます。さらに、それをついつい人にも強いて、問題をいっそう悪化させる始末です。

その結果、追い詰められ、辛くなって、うつ街道へとまっしぐら。

今日からは、選択基準を「〜が好きだから」「〜したいから」という希望的選択に変えましょう。自分が好きで選んだことなら、大変な我慢が必要だったとしても楽しみが支えてくれることでしょう。

その四　感謝のメガネをかける

ズバリ、「吾、唯、足るを知る」の境地を極めましょう。

ここで一つ、私が子どもの頃に出会った「足る知る爺さん」のお話をご紹介します。

田舎に住んでいた祖母の隣人に、こんなお爺さんがいました。夏休みのある日、祖母に連れられて行った畑で、私はそのお爺さんに出会いました。その日はじっとしていても汗ばむほどの上天気。「やあ、いいお天気でありがたいことです」と、お爺さんは笑いジワで顔をくしゃくしゃにして言いました。

翌日は雨でしたが、祖母と私はそうめんに入れるミョウガを取りに、また畑へ向かいました。と、またお爺さんに会いました。すると、「やあ、いいお湿りでありがたいことです」と、昨日と同じ笑顔です。だったら、このお爺さんはいつも幸せなはずだ。

子ども心にそう思いました。感謝のメガネをかけて生きれば、不幸、不運のレッテルは貼りようもありません。

「足る知る爺さん」の感謝のメガネをかけて暮らそうではありませんか。

その五　セロトニン神経を鍛える

うつ族の弱点である「セロトニン神経」を大いに鍛えましょう。太陽光の下での歩行、咀嚼、呼吸などのリズム運動を十五分以上行うことを、日常的に習慣づけます。

ほかにも、自転車こぎ、階段昇降、スクワット運動、水泳、タップダンス、エアロビクスなども有効です。「どうも運動は苦手で」という方は、太鼓の連打や念仏を唱えることでも活性化しますし、ガムを噛んでも鍛えられます。

呼吸法で鍛える場合は、吐く時間を吸う時間の一・五倍から二倍くらい長くとって。ただし、過呼吸にならないように。無理は禁物です。

そして、食べ物からもセロトニン強化をはかりましょう。トリプトファンを含む食べ物（バナナ、納豆などの大豆製品、チーズなどの乳製品、肉、マグロ・カツオなどの赤身の魚肉）を積極的に摂りましょう。

さらに、その働きをよくするブドウ糖を加えるため、肉ならばすき焼きにしたり、調理法に工夫をします。

同時に、炭水化物（お米や麺類、パンなど）中心の食生活を。砂糖を加えた牛乳や練乳なども、日常的継続的に摂りましょう。

ただし、セロトニン前駆物質を錠剤にしたサプリメントには手を出さないのが賢明です。

その六　行き詰まったら、旅に出る

気分転換が苦手なのも、うつ族の特徴です。壁にぶち当たって、モンモンとしはじめたら、取りあえず場所を変える。問題や悩みは一時的に放り出して、思い切って旅に出ましょう。

スケジュール的、金銭的に泊まりが無理ならば、日帰りの小さな旅でもＯＫ！

車中の人となって車窓を流れる景色に見入る。自然があふれた場所で木に抱きつく。街だって、知らない道を歩いてみれば、心が動く発見があるはずです。気分転換とは、要は心を軽やかに動かすこと。

田舎町の喫茶店に入って、お年寄りの常連さんたちのたわいない世間話に耳を傾けるだけでも発見があります。近くに天然温泉があれば最高ですが、ない場合は地元の銭湯のノレンをくぐるのもおすすめです。なかには、前述の「知る足る爺さん、婆さん」が一人や二人、きっといるはずです。そんな人生の達人たちの話に耳を傾ければ、たとえ悩みがあったとしても、「何とかなるさ」といった心境になるでしょう。

旅はうつ族の副作用のない特効薬です。

おわりに

この本を手にしていただき、最後まで読んでくださって、ありがとうございました。

思い起こせば、あれから十年。襲いかかるパニック発作に脅え、「いっそ死んじゃったほうがラクだ」と、路上にうずくまった日々は、遠い過去のものとなりました。

パニック障害克服の過程で知ったことは、自分が本来、うつ病を発症しやすい体質であり、性分であったということです。

うつ攻略の基本は、そういった自分の弱点とうまくつきあい、心身の健康を維持すること。また、自分を取り巻く環境や周囲の人々をあるがままに受け入れる、つまり、「吾、唯、足るを知る」の境地に入ることでした。

うつ病は克服しましたが、今もうつ体質を持つうつ族であることは変わりません。うつを呼び覚ましてしまう心の癖も、一朝一夕に治るも

のでもなく、傲慢な自分がダダをこねるたびに、それに気づいて反省したりして、うつをヨシヨシと手なずけている次第です。

胃腸の弱い人、呼吸器系の弱い人、弱点はひと様々です。私はうつを一病息災とみなし、上手につきあうことで、今日も元気に生きています。

それぞれにうつの苦しい心境を抱えて、この本を手にされたであろう皆様に、心穏やかな日々が訪れることをお祈りします。

最後に、この本の出版を快くお引き受けくださり、一緒に編集作業にあたってくださった、ゆいぽおとの山本直子氏に心から感謝いたします。

二〇〇七年三月末日

三島　衣理

主要参考文献

『セロトニン欠乏脳―キレる脳・鬱の脳をきたえ直す』（有田秀穂著／日本放送出版協会）
『ゲーム脳の恐怖』（森昭雄著／日本放送出版協会）
『うつ病は治る』（渡辺昌祐著／保健同人社）
『40歳からの「バカになれる脳」の鍛え方』（高田明和著／講談社）
『ストレスがもたらす病気のメカニズム』（高田明和著／角川書店）
『「うつ」にならない食生活』（高田明和著／角川書店）
『40歳から「脳」と「心」を活性化する』（和田秀樹著／講談社）
『式場博士の脳力集中・休養法12講』（式場隆三郎著／角川書店）
『脳を鍛える50の秘訣』（斉藤茂太著／成美堂出版）
『心理療法個人授業』（河合隼雄・南伸坊著／新潮社）
『ベストな脳の育て方』（久恒辰博著／中経出版）
『子供の「脳」は肌にある』（山口創著／光文社）

『精神科医はいらない』（下田治美著／角川書店）
『とっておきストレス解消法23』
（ＰＨＰ　２００４年８月増刊号／ＰＨＰ研究所）
『家庭でできる自然療法』（東城百合子著／あなたと健康社）
『食生活が人生を変える』（東城百合子著／三笠書房）
『食の堕落と日本人』（小泉武夫著／小学館）
『ビタミン・ミネラルＢＯＯＫ』（五十嵐脩著／新星出版社）
『波動で上手に生きる』（船井幸雄著／サンマーク出版）
『いのちのトレーニング』（田中美津著／新潮社）
『心の楽園に住む』（高樹沙耶著／集英社）
『百科〔新編〕家庭の医学』昭和60年（主婦と生活社）
『心に効く漢方―あなたの「不定愁訴」を解決する』
（新谷卓弘著／ＰＨＰ研究所）
『病気にならない生き方②実践編』（新谷弘実著／サンマーク出版）

三島衣理（みしま　いり）

一九五九年、愛知県名古屋市生まれ。プランナー&ライターとして書籍編集、各種印刷物製作に携わる。また、店舗プランナーとしても、レストラン、ハウスウエディング会場のＣＩおよび販売促進、インテリアプランなどをサポート。その間、自身がうつ病（パニック障害）を患い、独自の自宅療法で平癒した経験から、多くのうつ病患者の相談を受けるようになる。その後、精神医学、精神科学、心理学関連の本を精読し、独自療法の効能を確信、世に提案すべく、本書『うつ、のち晴れ。』を執筆。

二〇〇六年一月、名古屋初登場の絵本カフェ『絵本カフェＰＥＣＫＥＲ』(http://homepage2.nifty.com/pecker8686)を開店し、街の癒し空間を提案する。同年末の閉店後もＨＰ内のブログの訪問者数を更新中。

著書に『結婚キャンセル物語』(創夢社刊)。

三島衣理のブログ〈衣理チャンネル〉http://ameblo.jp/iri-mishima//

うつ、のち晴れ。
2007年6月11日　初版第一刷　発行
著者　三島衣理
発行者　ゆいぽおと
〒461-0001
名古屋市東区泉一丁目15-23
電話　052(955)8046
ファックス　052(955)8047
発売元　KTC中央出版
〒107-0062
東京都港区南青山6-1-6-201
印刷・製本　モリモト印刷株式会社
内容に関するお問い合わせ、ご注文などは、
すべて右記ゆいぽおとまでお願いします。
乱丁、落丁本はお取り替えいたします。

ISBN978-4-87758-411-5 C0095

ゴム風船の中で生きる若者たち

自称「うつ病」とその対応

企業の精神科顧問医からの緊急メッセージ！

古井　景

不登校も、引きこもりも、職場不適応も根っこは同じ。その要因が非現実的な自己過信にあるとし、現実的な有能感を育てることの重要性、またその方法を示します。職場での具体的な対応の仕方も、ていねいに解説しました。

仕様
四六判　並製
本文２２４ページ
ISBN4-87758-405-6

死んではいけない　経営者の自殺防止最前線

佐藤久男

「生きる力の強さ」を伝えたい！

11年連続自殺率ワーストワンの秋田で、倒産、うつ病、自殺の衝動を乗り越え、自殺防止のためのＮＰＯ法人「蜘蛛の糸」を立ち上げた男の魂の叫び。

特別寄稿　龍谷大学社会学部教授　大友信勝　自殺は新たな社会問題

仕様
四六判　並製
本文２４０ページ
ISBN4-87758-408-0

ゆいぽおとでは、
ふつうの人が暮らしのなかで、
少し立ち止まって考えてみたくなることを大切にします。
テーマとなるのは、たとえば、いのち、自然、こども、歴史など。
長く読み継いでいってほしいこと、
いま残さなければ時代の谷間に消えていってしまうことを、
本というかたちをとおして読者に伝えていきます。

『精神科医はいらない』（下田治美著／角川書店）
『とっておきストレス解消法23』（ＰＨＰ　２００4年8月増刊号／ＰＨＰ研究所）
『家庭でできる自然療法』（東城百合子著／あなたと健康社）
『食生活が人生を変える』（東城百合子著／三笠書房）
『食の堕落と日本人』（小泉武夫著／小学館）
『ビタミン・ミネラルＢＯＯＫ』（五十嵐脩著／新星出版社）
『波動で上手に生きる』（船井幸雄著／サンマーク出版）
『いのちのトレーニング』（田中美津著／新潮社）
『心の楽園に住む』（高樹沙耶著／集英社）
『百科〔新編〕家庭の医学』昭和60年（主婦と生活社）
『心に効く漢方―あなたの「不定愁訴」を解決する』（新谷卓弘著／ＰＨＰ研究所）
『病気にならない生き方②実践編』（新谷弘実著／サンマーク出版）

うつ、のち晴れ。

２００７年６月11日　初版第一刷　発行

著者　三島衣理

発行者　ゆいぽおと
〒４６１－０００１
名古屋市東区泉一丁目15－23
電話　０５２（９５５）８０４６
ファックス　０５２（９５５）８０４７

発売元　ＫＴＣ中央出版
〒１０７－００６２
東京都港区南青山６－１－６－201

印刷・製本　モリモト印刷株式会社

内容に関するお問い合わせ、ご注文などは、
すべて右記ゆいぽおとまでお願いします。
乱丁、落丁本はお取り替えいたします。

ISBN978-4-87758-411-5 C0095